À quoi vous jouez?

© Éditions Nathan (Paris-France), 2013
Loi n° 49-956 du 16 juillet 1949 sur les publications destinées à la jeunesse
ISBN 978-2-09-254664-2
N° éditeur : 10190347 - Dépôt légal : mai 2013
Imprimé en France par Pollina - L64418

HUBERT BEN KEMOUN

Nico

À quoi vous jouez ?

Illustrations de Régis Faller

Nathan

À l'école, j'étais devenu le roi des cartes *Démoniac Poupou*.

C'était la mode que tout le monde suivait.

À chaque récré, les parties et les échanges faisaient rage entre les collectionneurs de toutes les classes.

Ces cartes, j'y pensais sans arrêt !

– Nicolas, la récré est terminée, range ça immédiatement ou je confisque ! prévenait parfois Mlle Nony, notre maîtresse, alors que nous rentrions en classe.

Les cartes *Démoniac Poupou* se vendaient
partout par paquets de six. Je m'en faisais
offrir un à toutes les grandes courses
avec mes parents. Et souvent, lorsque
je descendais à la boulangerie,
je me débrouillais pour avoir le droit
d'utiliser la monnaie du pain pour acheter
une nouvelle pochette.

Quatre-vingt-deux cartes !
Ma collec' grossissait de semaine
en semaine. Un vrai record avec
lequel je dépassais Farid
et ses soixante-cinq cartes.

J'adorais les *Démoniac*. Elles étaient
si belles avec leurs dessins
fantastiques. Grâce à elles,
j'étais de toutes les parties.
– Il fait beau dehors, tu devrais
descendre faire un foot au parc !
me conseillait maman.

Je préférais rester à classer
et reclasser mes *Démoniac*,
à les admirer. En cartes, je devenais
un expert !

Ma collection a atteint les cent cartes,
juste avant que nous nous séparions
pour les vacances.

À mon retour, quinze jours plus tard,
j'étais très fier d'en posséder cent
douze. J'allais devenir la vedette
de la cour !

Hélas, les choses avaient changé.

– Une partie de *Démoniac* ?

– Désolé Nico, j'ai laissé mes cartes
chez moi, m'a répondu Farid.

– Je ne comprends pas !

– Les cartes, c'est fini, maintenant
la mode : c'est ça…

Farid a tiré de sa poche une rondelle
de plastique bleu. C'était un yoyo
qu'il a fait dégringoler vers le sol
avant de le faire remonter aussitôt
à une vitesse incroyable.

– Je l'ai eu la semaine dernière. C'est
un « Babel distorsion », a dit mon
copain d'un ton d'expert. Le « Babel »,
c'est le plus rapide de tous. La mode
a changé, Nico. Tu n'étais pas
au courant ?

Non, je n'étais pas au courant,
mais je l'ai vite été. Des yoyos,
dans la cour, désormais il y en avait
une sacrée série.

Les «Break attak» permettaient
d'effectuer des allers et retours
de haut en bas qui duraient, duraient…
Les «Bouly Cooly»: avec eux, mes
copains réussissaient des figures
géométriques incroyables.
Il y avait aussi les «Pirouly Boum»,
excellents pour grimper le long des
murs, ou les «Lucy dark» pour jouer
dans le noir.
Les rares élèves qui jouaient encore
avec les *Démoniac* n'étaient pas mes
copains.
Voilà que je me trouvais ridicule
avec mes cartes inutiles…

– Comment ça, la mode a changé ?
Tu plaisantes ?
– Maman… s'il te plaît… Alleeeeeez !
Tout le monde en a, sauf moi !

– Il n'en est pas question ! Tu n'as
qu'à jouer avec tes cartes ! Tous ces
paquets, tu sais, ce n'était pas donné.
– Mais plus personne n'y joue…
– Nicolas, j'ai dit pas question !

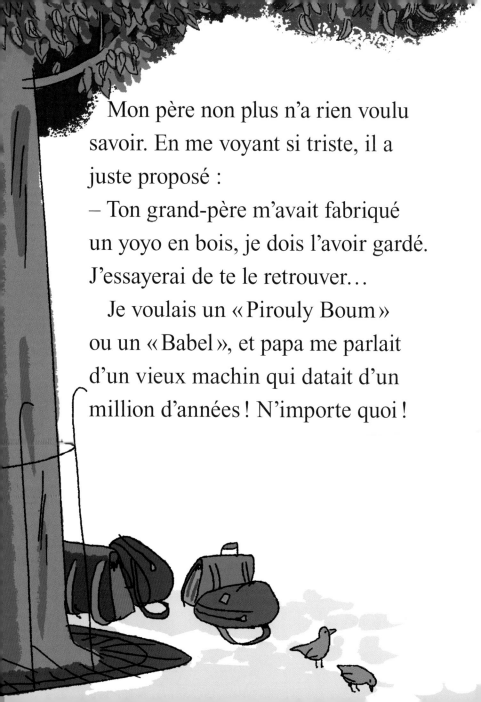

Mon père non plus n'a rien voulu savoir. En me voyant si triste, il a juste proposé :

– Ton grand-père m'avait fabriqué un yoyo en bois, je dois l'avoir gardé. J'essayerai de te le retrouver…

Je voulais un « Pirouly Boum » ou un « Babel », et papa me parlait d'un vieux machin qui datait d'un million d'années ! N'importe quoi !

À l'école, je me sentais de plus en plus
seul. Dans la cour, il n'y en avait plus
que pour les exploits impressionnants
des lanceurs de yoyos. Je n'apportais
même plus mes cartes.

Chaque jour je tentais de convaincre
mes parents, mais rien n'y faisait.
– Les cartes, les yoyos, et le mois
prochain, ce sera quoi ? disait ma
mère. Pourquoi suivre la mode
comme un petit chien qui trotte
derrière son maître, mon chéri ?
   Ma mère avait peut-être raison,
mais j'étais désespéré.

Ce soir-là, papa est descendu
du grenier avec un vieux carton.
Je n'avais même pas envie de savoir
ce qu'il contenait.

– Oh… mon vieil harmonica ! Et là, ma
collection de fèves de galette des rois…

Il poussait de grands soupirs émus
à chaque objet sorti de sa boîte.
Il m'énervait.

– Ah le voilà ! a-t-il fait en brandissant
un morceau de bois peint de couleurs
vives, attaché à une ficelle grise.
– Ça n'a rien à voir avec ceux des
copains ! ai-je soupiré, déçu.

– Oui Nicolas, mais tu vas voir !
a fait mon père. À ton âge, j'étais
un champion à ce jeu. C'est un yoyo,
on le fait descendre et monter…
– Papa, je sais ce que c'est qu'un vrai
yoyo !
– Regarde, plutôt…

Mon père s'est levé pour me montrer.
– Il prend de la vitesse… voilà,
comme ça… et quand on est prêt
et qu'il touche le sol… on le lance…
en lâchant le fil… et il se
transforme… en toupie !!!

Sur le parquet, le morceau de bois
libéré de son attache s'est mis à
tournoyer dans tous les sens.
Multicolore, il rebondissait à toute
allure contre les pieds des meubles
et les plinthes des murs.
J'étais stupéfait ! Ce jouet était
vraiment magique !
– Si tu veux, je peux t'apprendre,
Nicolas.

– Tu l'as eu où ? Tu l'as eu où ?

Dans la cour, ils veulent tous
le même depuis que je leur ai fait
une démonstration.

– Tu l'as trouvé sur Internet ?

– Tu me le prêtes, Nico ? C'est géant
ce truc !

Pour une fois, la mode, c'est moi
qui la lance, en même temps
que mon « yoyo-toupie ».
Maintenant, je n'ai plus qu'à lui
trouver un nom.

Hubert Ben Kemoun

Hubert vit à Nantes, sur les bords de la Loire. À l'âge de Nico, il jouait au yoyo et lançait des toupies en bois pendant les récréations. Et puis le temps a passé et les modes ont changé. Hubert pensait que plus personne ne jouait avec ces trucs et ces machins jusqu'au jour où ses enfants sont rentrés de l'école en réclamant des yoyos : c'était la mode !
Hubert écrit depuis de nombreuses années. Il sait que les histoires, elles, ne se démodent jamais !

Régis Faller

L'illustrateur de ce livre s'appelle Régis Faller. En plus de cette histoire, il en dessine plein d'autres ; il fait aussi des dessins animés, des dessins dans les magazines, dans la publicité… Du coup, il lui manque du temps pour faire des choses très importantes, par exemple voyager, ou même téléphoner à ses amis. Mais tout ça devrait changer, nous a-t-il promis !

Perdu à Londres !

Une série écrite par Hubert Ben Kemoun,
Illustrée par Régis Faller

« À Londres ! Nous étions
à Londres ! Notre maîtresse,
Mlle Nony, avait organisé une
semaine d'échange avec une classe anglaise
de l'école Picadilly. Comme tous mes copains,
j'étais très fier de passer cinq jours en Angleterre,
et de prendre un train filant sous la Manche.
Pendant le voyage, avec Farid et Pierrick,
nous avons révisé tous les mots anglais
que nous connaissions.

*Hello my name is Nico ! Where is the fast food ?
I want a big hamburger and an ice cream ! Yes we
can ! Thank you ! Goodbye !* »

Nico ne va pas oublier ce voyage dans la capitale
anglaise, un voyage funny et plus encore !...